Stefanie Steenken Isabella Flore

Der kleine Tigerhase

sieht die Welt mit anderen Augen

1. Auflage 2021

ORANIENWERK
KULTUR– & KREATIVSTANDORT ORANIENBURG

ORANIEN**WERK** GMBH & CO.KG
Kremmener Str. 43, 16515 Oranienburg

www.stefaniesteenken.de

Vertrieb und Bestellung: Nova MD GmbH, www.novamd.de
Fotos: Hannah Nolte (Autorin) und privat (Illustratorin)
Lektorat: Rouven Obst, www.freie-lektoren.de
Layout und Satz: Dorit Schneider, www.vergilbte-seiten.de
Coverdesign und Bildbearbeitung: Anette Schamuhn, www.immer4ne.de
Druck: deVega Medien GmbH, www.deVega.de
Bindung: Josef Spinner Großbuchbinderei GmbH, www.josef-spinner.de

ISBN 978-3-96966-821-4

Gedruckt mit PURe, Druckfarben aus nachwachsenden Rohstoffen, frei von toxischen Stoffen, übertreffen herkömmliche Qualitäts- und Umweltstandards.

Zur Herstellung dieses Produktes wurde FSC®- zertifiziertes Papier verwendet.
FSC-Reg. Nr.: TSUD-COC-000493
FSC® Mix Credit

FSC www.fsc.org MIX
Papier aus verantwortungsvollen Quellen
FSC® C122233

Stefanie Steenken Isabella Flore

Der kleine Tigerhase

sieht die Welt mit anderen Augen

über die Autorin

Stefanie Steenken, 1975 in Berlin geboren. Als Hotelfachfrau und Eventmanagerin war sie jahrelang in der Welt unterwegs. Seit ihrem zwölften Lebensjahr weiß sie, was sie will: Mutter sein und Bücher schreiben. Beides hat funktioniert. Dafür ist sie unendlich dankbar. Heute arbeitet sie als freie Autorin und schreibt Kinderbücher, Romane, Poesie und Texte für Poetry Slams. Mit ihrer großen Liebe, drei Kindern und einigen Vierbeinern lebt sie glücklich im nördlichen Brandenburg.

www.stefaniesteenken.de

über die Illustratorin

Isabella Flore, 1978 in Berlin geboren. Ihre Leidenschaft gehört seit jeher dem Malen und Schreiben. Bereits in der ersten Klasse zeigte sich ihre Kreativität, selbst im Unterricht malte, sang und redete sie ununterbrochen. Als Mutter von vier Kindern hat sie sich den Zauber bewahrt, durch Kinderaugen auf das Leben zu blicken. Sie spielt Klavier und Querflöte, näht, häkelt, liebt die Gartenarbeit und das Kochen. Mit ihrem Manr den Kindern und fünf Haustieren lebt sie im Berliner Umland.

www.facebook.com/IsabellaFloreKunst/

Für
Ben

„Mir ist langweilig“, schimpft der kleine Tigerhase.
„Geh doch ein bisschen im Garten spielen“, schlägt seine Mutter vor.
„Es ist schönes Wetter.“
„Da war ich schon“, sagt der kleine Tigerhase.
„Du kannst mir gerne in der Küche helfen. Ich bereite gleich das Abendessen vor.“
„Och nö“, sagt der kleine Tigerhase.
„Gleich kommt Papa vom Einkaufen, du könntest ihm ein Stück entgegengehen“, sagt Mama.
„Hab ich doch gestern schon gemacht“, mault der kleine Tigerhase.
„Das ist kein Grund, es heute nicht zu tun.“
„Mmh“, macht der kleine Tigerhase, „keine Lust.“
„Nelly würde sich sicher freuen, wenn du ihr beim Tisch decken hilfst“, sagt Mama.
„Das kann sie ganz gut allein“, sagt der kleine Tigerhase.
„Wie wäre es mit Zimmer aufräumen?“, grinst Mama.
„Pff!“, macht der kleine Tigerhase.
„Hol mir doch bitte einen Salatkopf aus dem Garten“, bittet Mama den kleinen Tigerhasen.
„Na gut“, seufzt der Tigerhase und trottet hinaus.

Aufgeregt kommt der kleine Tigerhase wieder in die Küche. Er legt den Salat auf den Küchentisch.
„Mama, wir bekommen neue Nachbarn!“, sagt er. „Schau mal aus dem Fenster!“
„Oh, wie schön“, sagt Mama, „du könntest zu ihnen hinübergehen und dich vorstellen.“
„Au ja“, ruft der kleine Tigerhase, „kommst du mit?“
„Ich kann jetzt nicht“, sagt Mama, „nach dem Abendessen könnten wir gemeinsam gehen.“

Der kleine Tigerhase klettert aufs Fensterbrett. „Sie schleppen schon die Möbel ins Haus“, beobachtet der kleine Tigerhase.

„Du könntest deine Hilfe anbieten“, schlägt Mama vor. Der kleine Tigerhase denkt nach. Da erscheint gegenüber ein Hasenjunge, er steht vor der Gartentür und schaut zu ihm. Der kleine Tigerhase winkt.

„Mama“, sagt er, „die haben auch ein Kind. Wir könnten zusammen zur Schule gehen und jeden Nachmittag spielen!“ Der kleine Tigerhase ist ganz aufgeregt.

„Oh, wie schön“, sagt seine Mutter.

Der Tigerhase winkt und winkt, aber der Hasenjunge winkt nicht zurück. „Mama, der ist doof, er winkt nicht zurück“, wundert sich der kleine Tigerhase.
„Vielleicht ist er schüchtern“, probiert Mama ihn zu beruhigen, „oder er sieht dich gar nicht.“
„Doch, klar, er schaut ja direkt hierher. Mit dem spiele ich nicht! Und helfen tue ich auch nicht!“, schimpft der kleine Tigerhase und hopst herunter. Er sieht gerade noch, wie die Mutter des Jungen seine Hand ergreift und sie gemeinsam ins neue Haus hineingehen.
„Der ist doch mindestens so alt wie ich und geht noch an Mamas Händchen, das ist nichts für mich“, denkt der kleine Tigerhase kopfschüttelnd.

Sie sind gerade mit dem Abendessen fertig, da klingelt es. Der kleine Tigerhase und seine Schwester Nelly springen auf und rennen zur Tür. Dort stehen die neuen Nachbarn.
„Guten Abend, wir wollten uns vorstellen. Wir sind Ihre neuen Nachbarn“, sagt der Familienvater.
„Äh, hallo“, sagt Nelly.

„Das ist aber schön“, entgegnet Mama, die mit Papa ebenfalls zur Haustür gekommen ist.
„Guten Abend“, sagt nun auch Papa.
„Das ist Benno“, sagt die Mutter des Jungen. „Wir wollten fragen, ob ihr vielleicht zusammen zur Schule gehen könntet?“ Sie richtet sich an den kleinen Tigerhasen: „Benno kennt den Weg noch nicht. Er benötigt Hilfe in den ersten Tagen“, sagt sie. Der kleine Tigerhase sagt nichts. Er ist noch immer eingeschnappt und weicht einen Schritt zurück.
„Natürlich helfen wir“, sagt Mama und stupst den kleinen Tigerhasen an. „Nicht wahr?“
Doch der kleine Tigerhase schüttelt den Kopf. Mama und Papa schauen sich an.
„Das ist aber nett von dir“, sagt Benno, geht einen Schritt vor, um den kleinen Tigerhasen zu begrüßen. Dabei stolpert er über die Fußmatte und sein Papa kann ihn gerade noch rechtzeitig auffangen. Bennos Vater fasst seinen Sohn von hinten an beide Schultern und dirigiert ihn vorsichtig in Richtung des kleinen Tigerhasen.
„Hier steht er“, sagt er und Benno streckt die Hand erneut vorsichtig tastend zu ihm aus. Erstaunt greift der kleine Tigerhase danach und schüttelt sie.
„Hallo, ich bin der kleine Tigerhase“, sagt er zögernd. „Kannst du nicht gut sehen?“
„Ich kann gar nichts sehen“, sagt Benno. „Ich bin blind.“
„Oh“, sagen Mama, Papa und Nelly gleichzeitig. Der kleine Tigerhase sagt nichts. Er staunt.
„Ich freue mich schon, dich morgen zu begleiten.“

Am nächsten Morgen steht der kleine Tigerhase ganz früh auf. Als seine Mutter die Tür zum Kinderzimmer öffnet, um den Tigerhasen und seine Schwester zu wecken, ist er bereits fertig mit dem Zähneputzen. Er steht vor dem Bett und packt seine Schulmappe. „Das ist aber eine Überraschung“, freut sich seine Mutter.

Beim Frühstück fragt der kleine Tigerhase: „Mama, was gibst du uns heute als Pausenbrot mit?“

„Brot mit Möhren und Salat aus dem Garten.“

„Nicht schon wieder“, mault der Tigerhase.

„Das ist gesund und macht stark“, sagt Mama. „Du kannst dir gerne deine Brotbox in Zukunft selber packen“, sagt sie, „und dir auch gleich das Frühstück herrichten. Und ich bleibe im Bett und schlafe aus!“

„Ist ja schon gut“, sagt der kleine Tigerhase, schnappt sich seinen Beutel und flitzt zur Tür.

„Tschüss, bis nachher!“, ruft er noch und schon ist er weg.

Am Tor des Nachbarn steht Benno und wartet bereits auf den kleinen Tigerhasen.

„Hallo“, begrüßt ihn der kleine Tigerhase, „hier bin ich.“

„Hallo“, sagt Benno. „Darf ich mich bei dir einhaken?“

„Äh, ja, klar“, stammelt der kleine Tigerhase und stellt sich neben Benno, sodass dieser seinen Arm auf seinen legen kann.

„Danke“, sagt Benno und sie laufen los. Der kleine Tigerhase fragt: „Und du siehst wirklich nichts?“

„Nein“, sagt Benno, „nichts. Nur hell und dunkel.“

„Oh je“, sagt der kleine Tigerhase, „das ist ja furchtbar.“

„Ach, so schlimm ist es gar nicht“, sagt Benno. „Meine Eltern sagen, jeder kann was gut und eben auch anderes nicht so gut. Ich kann nichts sehen, das beeinträchtigt mich in manchen Dingen. Aber das ist nicht so wild.“

„Mmh, das stimmt“, murmelt der kleine Tigerhase nachdenklich und nickt.

„Hast du auch eine Behinderung, kleiner Tigerhase?“, will Benno wissen.
Der kleine Tigerhase schaut an sich herunter und sagt:
„Oh ja, ich bin gestreift!“
„Und was kannst du damit nicht machen?“
Der kleine Tigerhase muss überlegen.
„Mmh, eigentlich kann ich alles damit machen. Ich sehe nur anders aus als die anderen.“
Für einen Moment schweigen die beiden Hasenjungs.
„Für mich siehst du aus wie alle anderen“, sagt Benno.
Da müssen beide lachen.

In der Schule angekommen, stellt der kleine Tigerhase Benno seinen Freunden vor. Er ist ganz stolz. Benno darf neben dem Tigerhasen sitzen.
„Danke, dass du mich mitgenommen hast“, sagt Benno leise.
„Das habe ich gern gemacht“, flüstert der kleine Tigerhase.
Der Lehrer fragt: „Kleiner Tigerhase, was hast du, wenn ich dir von zweiundzwanzig Möhren acht wegnehme?“ Der kleine Tigerhase überlegt lange.
„Vierzehn“, flüstert Benno.
„Vierzehn“, sagt der kleine Tigerhase.
„Richtig“, sagt der Lehrer.
„Danke“, sagt der kleine Tigerhase leise zu Benno.
„Habe ich gern gemacht“, flüstert Benno zurück.

Die Pausenglocke klingelt und alle packen ihr Frühstück aus.
„Rechnen kann ich nicht so gut“, erzählt der Tigerhase.
„Wir könnten zusammen üben“, schlägt Benno vor.
„Oh ja, das wäre prima“, findet der kleine Tigerhase. Er legt sein Brot auf den Tisch.
„Oh, Salat und Möhrenbrot“, schwärmt Benno. Der kleine Tigerhase wundert sich.
„Woher weißt du das?“
„Das rieche ich“, sagt Benno. Der kleine Tigerhase staunt.
„Ich kann nichts riechen“, sagt der Tigerhase.
„Doch, bestimmt. Aber du kannst es ja sehen, deshalb fällt es dir gar nicht mehr auf. Gib mir mal dein Brot“, bittet Benno.
„Hier.“ Der kleine Tigerhase schiebt Benno die Brotbox hin.
„Und jetzt mach die Augen zu“, sagt Benno. Der kleine Tigerhase schließt die Augen. Benno hält ihm etwas vor die Nase.
„Und? Was riechst du?“, fragt Benno.
„Karotte?“, fragt der kleine Tigerhase zögernd.
„Genau!“, sagt Benno. „Und jetzt?“
„Salat?“, fragt der kleine Tigerhase.
„Richtig!“, jubelt Benno, „und das hier?“
„Das ist Brot!“, ruft der kleine Tigerhase und macht die Augen auf. „Siehst du“, sagt Benno.

„Wollen wir tauschen?“, fragt der kleine Tigerhase.
„Sehr gern“, sagt Benno und schiebt dem Tigerhasen eine Reiswaffel rüber.
„Da ist ja gar nichts drauf“, wundert sich der Tigerhase.
„Mmh, wie lecker“, schmatzt Benno mit vollem Mund. „Ich packe mein Frühstück selbst. Im neuen Haus finde ich noch nicht alles. Da habe ich einfach nach den Reiswaffeln gegriffen. Aber sie schmecken gut! Probier doch mal“, ermuntert er den kleinen Tigerhasen.

Nach der Schule gehen die beiden gemeinsam nach Hause.
„Kommst du nach dem Essen rüber?“, fragt Benno.
„Auf jeden Fall“, antwortet der kleine Tigerhase und flitzt in die Küche, wo alle beim Mittag sitzen.

„Mama, darf ich zu Benno gehen, um mit ihm Mathe zu üben?“, fragt der kleine Tigerhase, nachdem er seine Portion weggeputzt hat.
„Mathe üben?“, staunt Mama. „Aber ja!“
„Ihr hattet wohl einen schönen Tag?“, fragt der Vater.
„Und wie!“, sagt der kleine Tigerhase, „darf ich jetzt los?“
„Ja, aber stell doch bitte noch den Teller in den Abwasch“, sagen seine Eltern im Chor.

Benno und der kleine Tigerhase lernen, spielen und verstehen sich prächtig. Als es Zeit für das Abendessen ist, verabschieden sich die beiden Jungs.

„Kommst du mich morgen wieder abholen?“, fragt Benno.

„Klar!“, sagt der Tigerhase.

Der kleine Tigerhase liegt schon im Bett. Mama kommt ins Kinderzimmer, um Gute Nacht zu sagen.
„So, mein Großer“, sagt sie, „nun wird aber geschlafen!“
„Mama“, fragt der kleine Tigerhase, „kannst du mir morgen zwei Möhren-Salat-Brote mitgeben? Eins für Benno und eins für mich?“
„So?“, wundert sich Mama.
„Tja, weißt du“, sagt der kleine Tigerhase, „eigentlich schmeckt das doch ganz lecker.“

Vom kleinen Tigerhasen ist bereits erschienen:

Der kleine Tigerhase wäre gern wie seine Freunde. Als Hase hat man nun mal keine Streifen! Seine Familie unternimmt zahlreiche Versuche, aus dem kleinen Tigerhasen einen ganz normalen Hasen zu machen. Aber nichts hilft. Er bleibt gestreift. Eines Tages erzählt ihm seine kleine Schwester eine Geschichte. Dadurch merkt er auf einmal, dass es gar nicht so schlimm ist, ein wenig anders zu sein.

ISBN 978-3-96966-707-1